DISCOURS

PRONONCEZ

DANS L'ACADÉMIE

FRANÇOISE

Le trentième Octobre 1692.

A PARIS,

Chez
La Veuve de JEAN BAPTISTE COIGNARD Imprimeur
& Libraire ordinaire du Roy & de l'Académie Françoise.
ET
JEAN BAPTISTE COIGNARD Fils, Imprimeur & Libraire
ordinaire du Roy & de l'Académie Françoise, rüe S. Jacques,
à la Bible d'or.

———

MDCLXXXXII.

AVÉC PRIVILEGE DE SA MAJESTE'.

MESSIEURS DE L'ACADÉMIE
Royale de Nismes ayant esté introduits
dans l'Académie Françoise, Monsieur
l'Abbé Begault portant la parole dit:

ESSIEURS,

De toutes les Compagnies qui ont
reçû l'honneur que vous nous faites aujourd'huy, il n'en est point qui l'ait desi-
ré avec plus d'ardeur, & recherché avec
plus d'empressement que l'Académie
Royale de Nismes. Les premiers Titres de
nostre fondation, où SA MAJESTE' en

A ij

nous accordant les mefmes Priviléges dont
vous joüiffez, approuve fi authentiquement
l'émulation que nous avons eüe de culti-
ver à voftre exemple les Sciences & les
belles Lettres; l'heureux & libre choix que
nous avons fait dans voftre Académie

Mgr. l'E-
vefque de
Nifmes.

d'un illuftre Protecteur qui en fait un des
plus beaux ornemens; l'admiration que
vous excitez dans tout le monde par ces
écrits, fi dignes de l'Immortalité; la vé-
nération profonde que nous avons toûjours eüe pour vous, tribut neceffaire que
vous doivent tous ceux qui ont quelque
gouft pour tout ce qui forme & qui po-
lit l'efprit ; l'exemple de plufieurs célé-
bres Académies; le defir d'étendre les li-
mites de vôtre Empire : tout cela, MES-
SIEURS, étoit de puiffants motifs, pour
nous faire fouhaitter avec paffion une
union étroite avec vous.

Auffi depuis plufieurs années, & nous
pouvons dire dés l'origine de nôtre Etabliffement , nous avions foûpiré aprés ce
bonheur. Un de nos premiers Fonda-
teurs, à qui l'Hiftoire de l'Académie Fran-
çoife eft dédiée , avoit efté chargé de

nous procurer ce glorieux avantage.
Mais les troubles qu'excita depuis dans
le Languedoc la diverſité de Religions
ſuſpendirent pour quelque temps l'ac-
compliſſement de nos vœux, & l'exe-
cution de noſtre deſſein. Aujourd'huy
que par la protection d'un Roy, auſſi
grand par ſa pieté, que par ſa valeur,
les eſprits & les cœurs eſtant réunis,
les Muſes joüiſſent dans nos Provinces à
l'ombre de ſes Lauriers, d'un parfait re-
pos, nous vous avons redemandé cette
grace; & enfin nous l'obtenons par voſtre généreuſe bonté.

Quel avantage pour nous, M E S-
S I E U R S, d'eſtre aſſociez à tant de grands
hommes, en qui la vertu ſincére, le vé-
ritable mérite, l'érudition profonde, la
grandeur & la gloire de tous les Ordres
de l'Egliſe & de l'Etat ſe réüniſſent : de
pouvoir entretenir un commerce d'eſprit avec un illuſtre Corps, qui eſt comme le centre de la pureté, de la délica-
teſſe, de la politeſſe & de l'éloquence de
noſtre Langue ! Quel bonheur d'entrer
en quelque partage de la gloire qui vous

environne , d'eftre admis quelquefois dans ce Sanctuaire & d'y recüeillir vos Oracles.

Deformais pour rélever la gloire de noftre Origine , nous ne compterons plus noftre Etabliffement que du jour que vous nous avez adoptez : car comme les Anciens jugeoient que les Enfans qui naiffoient depuis que leur Pére eftoit parvenu à l'Empire , eftoient plus nobles que ceux qu'il avoit eus dans une fortune privée ; ainfi, MESSIEURS, fi nous pouvons confidérer noftre Académie en différents âges , & par rapport à de différentes naiffances , nous pouvons dire qu'elle aura quelque chofe de plus grand & de plus noble depuis l'adoption que vous en avez faite.

Mais pour foûtenir cette Alliance avec quelque mérite , nous travaillerons avec plus de zéle & d'application à profiter de vos fçavantes inftructions , & de vos grands exemples , que nous étudierons de plus prés. Par une noble émulation nous nous croirons plus obligez d'imiter, s'il eft poffible, chacun en noftre maniére

& suivant nos talens , cette élévation
dans les penſées , cette fineſſe dans les
tours d'eſprit , cette pureté & cette élé-
gance dans l'expreſſion , qui vous ſont ſi
naturelles. Nous nous appliquerons avec
plus de ſoin & avec plus de fruit à la re-
cherche des richeſſes infinies , cachées
dans les Antiquitez de noſtre Ville, ſuper-
bes monuments de la grandeur & de la
magnificence des Romains. Perſuadez
que vos lumiéres & que voſtre éloquence ſe communiquent , nous oſerons meſ-
me avec plus de ſûreté entreprendre de
célébrer les vertus & la gloire d'un Roy ,
dont les actions immortelles peuvent oc-
cuper toutes les Académies du monde.

Je devrois m'étendre ſur la reconnoiſ-
ſance infinie que je dois vous marquer
de la part de noſtre Compagnie, pour la
grace que vous nous faites ; mais de plus
nobles idées vous occupent & vous rem-
pliſſent , & le récit des exploits glorieux
de voſtre Auguſte Protecteur doit , ce
ſemble , vous rendre indifférents à tout autre diſcours.

LOUIS LE GRAND , dont le

nom feul eft un préfage de victoire , Vainqueur fur les Terres de tous fes Ennemis,
quoyque pour rehauffer l'éclat de fa gloire , il devroit luy fuffire de vaincre par les
mains de tant de braves Guerriers qu'il a
formez fur fes exemples, veut encore cüeïl-
lir luy-mefme les Lauriers dont la Victoire doit le couronner. Il part , il fe met à
la tefte d'une armée formidable ; toute la
Flandre tremble au feul bruit de fa mar-
che ; les Nations affemblées fremiffent aux
approches de ce Heros ; une nüée pleine
de tonneres groffit fur leur tefte, l'orage fe
forme , la foudre gronde & menace : tout
le monde attentif fur fes vaftes deffeins ,
dont le fecret eft refervé à luy feul , qui les
a conceus, & qui feul peut les executer, at-
tend en fufpens l'événement de ces grands
projets ; ils éclattent enfin. Namur eft af-
fiégé , Namur cette Place fi fiére de fa fi-
tuation naturelle , de l'abondance de fes
munitions , de fa nombreufe garnifon , de
la force de fes baftions & de fes ramparts , des armes qui la défendent & des
riviéres qui l'environnent.

Cette Citadelle qu'on n'ofoit attaquer,

parce qu'on la croyoit imprenable ; qui
feule a réfifté aux efforts de plufieurs Puif-
fances. Cette Place, la terreur des plus gran-
des Armées, enveloppée d'un affemblage
de toutes les efpéces de fortifications ; que
des rochers efcarpez, que des precipices
affreux, en un mot, que l'Art & la Natu-
re rendoient prefque inacceffible. Namur,
le plus fier efpoir des Alliez; la premiére
Place de l'Europe par l'importance & par
la fuite de fa Conquête, eft affiégée par
l'Augufte L O U I S, & réduite en peu de
jours à fa Puiffance.

En vain un Prince ambitieux, en qui
une infinité de Nations mettent leur con-
fiance, enflé par des crimes heureux,
foûtenu par les forces de plufieurs Roys,
& de l'Europe entiére liguée contre nous :
en vain un nombre prodigieux de Batail-
lons & d'Efcadrons, commandez prefque
tous par des Souverains, s'efforcent au
dehors de la délivrer, tandis qu'une armée
entiére, animée par l'efpérance du fecours
la défend au dedans. L O U I S L E
G R A N D force fes ramparts, entre dans
les tranchées, s'expofe au feu des Ennemis,

eſt préſent aux attaques, anime par ſa valeur ſes généreux Guerriers ; & en moins
d'un mois, malgré l'inconſtance des élé-
ments, malgré le renverſement des ſai-
ſons, il ſoûmet la Place à ſon pouvoir, il
y entre victorieux, & il confond les vains
projets de ſes Ennemis, qui ſemblent n'ê-
tre venus ſur les bords de la Meuſe & de
la Sambre, avec ces Légions infinies, que
pour eſtre ſpectateurs des prodiges de
l'Invincible LOUIS, & comme les té-
moins de ſes victoires & de ſes triomphes.

Le combat de Stein-kerque. En vain ce Prince artificieux, pour
couvrir la honte de ſes pertes, livre - t'il
un combat dans des conjonctures qu'il
croit dans les fauſſes veuës de ſa politique,
luy devoir eſtre favorables : les troupes du
Roy, animées par les exemples récents
de ſa valeur intrépide, pleines encore de
cet eſprit de force, & de cette noble ardeur qu'il vient de leur inſpirer par ſa
préſence, ſoûtenuës par la ſageſſe & par
le courage de ſes Généraux, font voir aux
Ennemis de la France, que les Armes de
LOUIS ſont toûjours preſtes à vaincre, quand elles combattent pour luy.

Que ne puis-je, MESSIEURS, exprimer comme vous feriez, à la gloire de ce grand Roy, la fagesse de ses Conseils, la grandeur & la hardiesse de ses projets, le bonheur de ses entreprises, sa valeur dans les combats, le nombre & la rapidité de ses conquestes, cette intrépidité dans les plus grands périls ; cette grandeur d'ame, ce caractére de perfection, qui l'éleve autant au dessus des autres Roys, que les Roys sont élevez au dessus de leurs sujets ; cette supériorité de Génie & de Puissance qui le fait dominer sur tous les Empires de l'Europe ; cette prudence consommée qui étonne & qui instruit les plus habiles politiques, son discernement dans le choix de ses Ministres ; ses sentimens de bonté, de modération, de clémence, de générosité, de libéralité, de magnificence ; son amour pour la piété & pour la justice ; son zéle constant pour la Religion & pour les interests de l'Eglise !

Mais il n'appartient qu'à vous, MESSIEURS, de faire un éloge qui remplisse parfaitement l'idée que nous avons de tant d'héroïques Vertus, de soûtenir sa gloire dans la fitüation & dans l'éclat où elle eft, & de luy donner l'Immortalité qu'il mérite : car comme fans luy, vous ne trouveriez point de fujet qui fuft digne de vous, auffi fans vous, il ne trouveroit point d'éloquence qui fuft digne de luy.

C'eft donc à vous feuls, MESSIEURS, de célébrer dans vos fçavants écrits les faits prodigieux que la fageffe de ce Grand Roy luy a fait entreprendre, & que fon courage luy a fait executer. Il vous donne tous les jours de nouvelles matiéres d'exercer la plus magnifique Eloquence, & la Poëfie la plus féconde. Vous avez entre vos mains le précieux dépoft de fa gloire, & vous étes chargez de rendre compte aux fiécles à - venir des événemens miraculeux qui rendent fon régne fi floriffant.

Pour nous, fur de fi beaux modéles, & formez par les inftructions de cet illuftre *Mgr l'E-* Prélat, dont je loüerois bien volontiers les *vefque de* vertus extraordinaires, le fublime génie, *Nifmes.* & cette Eloquence plus qu'humaine, qui fait l'admiration, & fi je l'ofe dire, le defefpoir de tous les Orateurs François, fi fa préfence, & fa modeftie auffi grande

que son mérite, ne m'imposoient un si-
lence respectueux, contre mon inclina-
tion, & peut-estre contre le devoir de
ma juste reconnoissance : Assûrez que par
luy les influences de la pureté de vostre
esprit nous seront communiquées plus im-
médiatement, nous nous efforcerons de
suivre vos grands exemples ; nous emprun-
terons de vous les termes dont nous nous
servirons pour loüer nostre auguste Mo-
narque : Et nous taścherons par nos veilles,
par nostre travail, par nostre application,
par l'assiduité à nos conférences Acadé-
miques, de remplir vostre attente, & de
répondre à l'estime que vous avez de nous
& à l'honneur que vous nous faites aujourd'huy.

Maintenant pénétrez d'un bienfait dont
nous connoissons parfaitement la valeur,
nous n'avons plus qu'à vous asseurer que
nostre reconnoissance durera autant que
le bienfait mesme.

APRES QUE MONSIEUR
l'Abbé Begault eut remercié la Compagnie
au nom de l'Académie Royale de Nismes,
Monsieur de Tourreil Directeur de l'Acadé-
mie Françoise, dit.

ESSIEURS,

Les paroles les plus flateuses que la po-
litesse prodigue indifferemment répon-
droient mal aux témoignages éloquens
& sinceres de vostre reconnoissance. Ils
demandent, & ils le meritent bien, que
nous parlions aussi de nostre costé le
langage du cœur, tel que l'entendit
l'illustre Prelat témoin de nos premiers *Monsieur*
mouvemens sur la proposition qu'il nous *l'Evesque*
fit en vostre faveur. Il eut, quand il nous *de Nismes.*
sollicita pour vous, un plaisir qui luy est
assez familier, de se voir universellement
applaudi ; mais à dire le vray, vostre
reputation, MESSIEURS, luy laissa si

peu à faire, que je doute, qu'il ait alors senti le doux ascendant, qu'il a sur nos suffrages.

Et quel mediateur n'eust pas reussi à serrer des nœuds que les Muses elles-mesmes avoient formez ? quelle sympatie plus forte que le rapport d'inclinations, & l'uniformité d'exercices ? l'amour des belles Lettres met une convenançe parfaite entre nos gousts, & pleins du mesme zele nous consacrons nos veilles à l'objet de nostre commune admiration. Comme nous, MESSIEURS, vraisemblablement vous aviez cru que les évenemens passez d'un Regne si fecond en miracles l'avoient entierement épuisée. Comme nous, les nouveaux prodiges qui la redoublent vous ont detrompez. Cette haute entreprise, où les plus invincibles obstacles ont paru ne se multiplier que pour l'honneur du succés ; cette derniere conqueste où l'on a veu le Ministre, l'ame des conseils, le General des Armées reünis en la personne du Souverain, & lui seul ordonner tout, pourvoir à tout, animer tout, en un mot faire tout concourir au plus grand de ses chefs-d'œuvre ; ces combats frequens, & marquez

par autant de victoires, où les envieux
de ce Heros ne ceffent de le retrouver
dans des Generaux conduits par fes ordres, & inftruits par fes exemples; des
places foudroyées à la veuë de ces legions
innombrables, diray-je d'Ennemis ou de
fpectateurs : tel furcroift de merveilles fra-
pe également nos efprits, il r'anime nos
Orateurs, nos Poëtes, & ce que vous fe-
rez pour fa gloire va de plus en plus juf-
tifier ce que nous avons fait pour la voftre. Je refifte au charme qui me tranfpor-
te dans la belle & vafte carriere, qu'ou-
vre à mes yeux le vainqueur des Nations
conjurées contre la France ; il n'a déja
que trop fouffert de la foibleffe de mes ex-
preffions. Elles n'atteindroient pas à l'idée
que j'ay d'un fi grand Roy, quand mefme
j'aurois toute l'éloquence, tout le genie,
tous les talens du negotiateur de noftre
alliance. Il éternifera, je m'affeure, la nou-
velle union qu'il a menagée, quoiqu'il pa-
roiffe plus propre qu'un autre à la rom-
pre par la diverfité de vos interefts &
des noftres fur le fejour où le fixe fa defti-
née. Vous ne pouvez poffeder un fi

digne Protecteur , que nous ne perdions
en quelque forte un fi digne Confrere.
Cependant MESSIEURS, les avanta-
ges, que vous allez tirer de noftre perte
nous difpofent à la fouffrir plus conftam-
ment , & dans l'impuiffance d'oublier ce
qu'elle nous ofte , nous nous refervons
la confolation de penfer à ce qu'elle vous
donne. Sacrifia-t'on jamais tant à l'amitié
naiffante ?

www.ingramcontent.com/pod-product-compliance
Lightning Source LLC
Chambersburg PA
CBHW061623180626
46818CB00005B/2206